雾语清音

WU YU
QING YIN

◎谢清 著

黄河出版传媒集团
阳光出版社

图书在版编目（CIP）数据

雾语清音 / 谢清著. -- 银川 : 阳光出版社,
2021.5
 ISBN 978-7-5525-5902-6

Ⅰ.①雾… Ⅱ.①谢… Ⅲ.①诗集 - 中国 - 当代
Ⅳ.①I227

中国版本图书馆CIP数据核字(2021)第097491号

雾语清音　　　　　　　　　　　　　　　谢清 著

责任编辑　杨　皎
封面设计　张　功
责任印制　岳建宁

黄河出版传媒集团　阳光出版社　出版发行

出 版 人　薛文斌
地　　址　宁夏银川市北京东路139号出版大厦（750001）
网　　址　http://www.ygchbs.com
网上书店　http://shop129132959.taobao.com
电子信箱　yangguangchubanshe@163.com
邮购电话　0951-5014139
经　　销　全国新华书店
印刷装订　宁夏精捷彩色印务有限公司
印刷委托书号　（宁)0020903

开　　本　880 mm×1230 mm 1/32
印　　张　8
字　　数　120千字
版　　次　2021年7月第1版
印　　次　2021年7月第1次印刷
书　　号　ISBN 978-7-5525-5902-6
定　　价　68.00元

诗意人生

垄 耘

20年前曾为谢清的诗文集《月如钩》作过序,那时的她刚迈出校门,带着一本略显稚气的诗集走上工作岗位。20年后,又为她的诗集《雾语清音》作序,感慨良多。

"在心为志,发言为诗"(宋·朱熹),从厚重的诗稿中不难看出,这是一本充满个性色彩的诗集。"笔乃心灵之舌",在谢清的诗集中,我们能够看到她的身影,听见她的声音,读出她的心语。"作文,就是用文字把心切开给世人看",谢清独立的人生经历、诚挚的内心情感、深邃的思想境界,以及独特的艺术见解,都从字里行间显现出来。《从脚尖到脚跟的距离》道出了"人生只不过是从脚尖到脚跟的距离"的哲思;《白桦林》阐述了对爱情的渴望与期待。《拒马河边畅想》将亦真亦幻的感情借一条"拒马河"落于笔端:"你说过/要用女娲补天时遗落的石子/为我打造一枚项链上的吊坠/我等了几千年/今天忽然发现它已矗立在这里/以桀骜的姿势站了很久很久/这分明是另一个你。"在唯美的《油菜花开了》里兑付一场旷世的爱情方不负韶华:"我喜欢一株油菜花/我愿自己是一株油菜花/在最好的季节/开放在爱人的心尖上/静立在他熟悉的地方/看他文字煮酒/轻摇蒲扇/看他眉间促成"川"/一声轻叹/看夏日的蝴蝶歇落在了他的手上/旋即又飞向我/带来了他的温暖。"

《想去草原》在一种豁达里与大自然融为一体,将浮躁的灵魂返璞归真,投放到大自然中去,自由地生活,自由地呼吸:"想去草原/想去一个人的江湖/借广袤为聒噪疗伤/从南到北/从北到南/策马扬鞭/纵声高歌 想去草原/扯一片白云遮盖躯体/将脚歇在草丛里/灵魂须与山花为伴 想去草原/任风儿吹瘦了岁月/吹皱了湖水/吹旧了容颜/心依然等候在出发地/素净得不染一粒尘埃。"谢清的诗透明、纯洁、思想性较强。她的诗亦在朦胧诗的范畴里游离,从某种意义上讲,朦胧比清晰更富有美感。古人云:"马上看壮士,月下看美人。"近年来,环视芸芸众生,文学界诗派林立,甚至出现了写诗的比读诗的人还多的窘况。有些诗堆砌华丽辞藻,内容空洞,读来如饮白开水般索然无味。但一直工作在基层的谢清的诗却根植于生活而枝繁叶茂,值得咀嚼。无疑,她是一个有才情、有追求、有较强语言表现力的诗人。

"小时候喜欢啃月亮/咬一口半个月亮/再咬一口半个月亮/即刻侵吞了整个月亮/抬头/天上还挂着一个月亮 长大后/天上一个月亮/水中一个月亮/心上的月亮/长了

翅膀/再也落不到原来的地方",这首《中秋节》很好地运用了具象和意象,在二者的转换中自然而得体,有着"言外之意""象外之象""韵外之韵"的意象之美,将乡愁凝聚在诗中浓得抹也抹不开。诗人们通常会将生活褪尽色彩,还原以水墨修饰,留下无穷的意境。在这一点上,谢清对诗的感觉是敏锐的,对语言的追求和把控是准确的。

诗歌创作是诗人情怀的表现,离不开抒情。谢清的诗歌是从心灵深处流淌出来的泉水,她的诗歌是有根的,根就扎在她故乡的土壤里,从《村姑》《农民》《故乡的月亮》等诗歌中可以读出她质朴的乡土情怀。她的诗歌充盈着人性的和谐、心灵的善意和对生活的无奈。《雾语清音》里收录的诗歌从爱情、亲情、友情到四季轮回、人生世事感慨,无不浸透着谢清对生活的热爱和对人性的思考。

谢清是从农村走出来的女子,她一直很努力地走好人生的每一步,这在作品中可以看出来，但她始终无怨无艾，一路披荆斩棘地走了过来。正如在《我这一生》中："我这一生/用不结实的肩膀将自己/挑成了个不是男人的男人"之句露了峥嵘。生活因背负苦难而变得坚实，人生因坎坷而成就多彩。诗里诗外，我们期望作者能够轻松地活一把。尽管诗歌比历史更接近于事实真相，但我们更多地还是期望作者的诗篇能像喷泉一样，总能喷出智慧和欢愉的水花。

《雾语清音》所表现出的善良、深沉、坚强、多思是诗的基础。诗集中作者对人生的认真思考，对理想的不懈追求，对生活的热爱，对生命的礼赞，足以使我们感受到一个逐渐走向成熟的青年诗人的生态和心态。

赫兹里特说过，唯一没有瑕疵的作家是那些从不写作的人。《雾语清音》是一种存在，是一种价值，是一种不屈不挠的精神追求，体现出了作者精神空间的向上和一种不断精进的生命意志。"文章合为时而著，诗歌合为事而作"，我们有理由相信"辛勤的蜜蜂永远没有时间悲哀"，期待勤劳如蜜蜂的谢清努力在文学的土壤里深耕、收获，为读者呈现上更多更精彩的文章。

2020年6月6日于榆林

（垄耘，本名龙云。作家，文化学者，评论家，教授。现任陕西省作家协会副主席，榆林市陕北文化研究会会长。中国作协会员。发表并出版长篇小说《女人红》，文化学著作《说陕北民歌》《信天而游：陕北民歌考察笔记》，文化散文集《老榆林》，文学理论评论集《点击文学》《文外余序》。主编各种文集10余部。在《人民文学》《中国作家》等发表文学作品、影视剧本等300多万字。第一次提出"陕北文化"概念，创立了陕北文化学。）

缘情而绮靡的诗篇

钟海波

　　谢清是一位颇有才情的女诗人,看她的名字能让我想起文学史上的才女谢道韫和谢婉莹。读她的诗使人能嗅出清丽与优美以及从中散发出的、来自生活与诗书的芳香。显然,谢清不是一位为艺术而艺术的诗人,她有强烈鲜明的现实关怀。她的诗题材广泛,其中交织、渗透了诗人对历史与现实、爱情与婚姻、女性命运等的深沉思考。

　　谢清诗歌令人感怀的首先是那些关怀现实政治的诗。《春天来了》这首诗歌极具现实意义,诗歌运用隐喻的修辞手法,表达诗人对新时代的赞美,对清明世界的向往,传达出了广大民众的心声。我们期待清新的春风吹散乌云,送来洁净的空气,期待一场春雨扫荡污泥浊水,冲洗出一个芬芳的世界。春天、太阳、阳光等意象充满象征意味,时代感极强。可谓言有尽而意无穷,十分含蓄隽永。

谢清作为女诗人十分关注女性命运。《在历史的墙缝里读你——怀念蔡文姬》歌咏汉末女诗人蔡文姬,赞美她的惊世才华:"在《胡笳十八拍》里落笔成殇,在《悲愤诗》泪溅海棠";诗人更感慨她的生不逢时、命运多舛:"扛起战乱的枷 / 战刀 / 硬生生地将一个母亲 / 劈成两半 / 一半留给骨肉亲情 / 一半留给家国离愁。"汉与匈奴的战争使得她的骨肉离散,她只能在梦中听到娇儿一声一声的呼唤。《公子向北走》与舒婷的《致橡树》有异曲同工之妙。对白娘子命运的思考,体现了现代女性意识。《村姑》写出当下农民工进城后留守妇女的孤独与内心煎熬。

谢清的农民工题材诗歌是对新世纪诗歌题材的开拓。农民工在中国城市建设中发挥了重大作用。他们身份卑微、收入微薄，但他们用勤劳的双手建起一栋栋高楼大厦。诗歌《爬山虎》用爬山虎意象比喻贴在高楼墙壁装修的农民工，写出他们工作的艰辛和危险，十分形象。

文学表现人情人性，其必然要写到爱情，爱情便成为文学的永恒主题。谢清的许多诗歌讴歌爱情，她笔下的男女爱情十分美好、纯真，令人神往。《走西口》写尽爱情的缠绵，《白桦林》写尽爱情的圣洁。

陕北历史文化积淀深厚，几千年的民族争斗，几千年的成败兴衰，这片土地见证了，这片土地看惯了，古老长城的一砖一瓦记载着如烟往事。行走在它的脚下怎能不让人想起遥远的过往，从而浮想联翩、思绪万千？谢清是黄土地滋养的女儿，这片土地的一草一木、一山一水都能激发她的情思。她以一个北方人的视角观察生活、表现生活，她的诗带着浓郁的地域色彩。这种地域色彩是通过地方性的意象，比如山丹丹花、长城窟、拒马河等表现出来。

谢清诗歌在艺术上精益求精。五四以来，白话新诗主要有自由体诗、新格律诗、现代派诗、民歌体诗等几类，谢清诗歌应属自由体诗。她的诗歌诗行没有固定字数，自由灵活，且讲究语言的音乐性，其韵脚以"ang"韵居多，比如《在历史的墙缝里读你 ——怀念蔡文姬》中韵脚是望、墙、桑、伤、往、殇、棠、芳、方、娘……每节以"站在上郡的山梁梁上张望"开头，句式整齐，回环往复，一唱三叹。《爬山虎》一诗用韵也如此，但整齐中又有变化。谢清诗歌充满想象。《陶罐》由长城脚下一只古老的陶罐引发诗人千古忧思，其想象超越时空，令人联想起中国历史上马背民族数次大军南下，侵入中原腹地的历史史实。那历史的烟尘仿佛刚刚散尽，耳际依然回响着那萧萧马鸣，眼睛依然可见萋萋芳草留着的马蹄印迹，鼻子依然嗅到曾经饮马的陶罐留着的马味。诗歌从视觉、听觉、味觉几个角度来写，全方位写出自己的感受。

她的诗歌也通过语言的变形、夸张等陌生化手段增强审美效果："站在上郡的山梁梁上张望／翻捡起你曾遗落的石头／上面刻满了辛酸的过往／用文字做盘缠／从中原到漠北／你用十二年的时间谱了思乡曲／弹起焦尾琴／唱向回家的方向……你若喜欢／可踩一朵云回来／将娇儿与梦一起牵到／离心最近的地方／长久地住下来。"(《在历史的墙缝里读你——怀念蔡文姬》)陌生化语言在《陶罐》中也有所体现："在一只盛满了旧时光的器皿里(比喻十分贴切、巧妙)／我望见了自己的前世／在长城窟边饮马／在农耕文化和游牧文化／碰撞交融的地方／策马扬鞭闯入了江湖／看萋萋芳草淹没了马蹄／听穿越过千年的马蹄声／由远及近。"《山里姑娘》通过妙用比喻增强陌生化效果:"红艳艳的山丹丹花／将一生中最亮丽的时刻／开在了背洼洼里（比喻别出心裁、贴切）黑黝黝的麻花辫／被岁月盘结在田埂里／追星赶月／一辈子都未能／走出个圆（圆隐喻命运怪圈）。"

艺术是理性的感性显现。《山里姑娘》一诗写灶膛里的柴火把女孩的青春烧得精光，诗歌把山里女孩子的命运进行具象化描写，生动形象，有感人的力量，让人联想到李煜的"问君能有几多愁，恰似一江春水向东流"，以及李清照的"闻说双溪春尚好，也拟泛轻舟。只恐双溪舴艋舟，载不动许多愁"中的通感运用。

谢清怀着一份对文学的虔诚进行诗歌写作。她的诗歌取材严格，挖掘深刻，诗歌中点缀着许多美丽的诗句，犹如草地上点点艳丽的花朵，又如彩线上粒粒美丽的珠子。一些诗歌深沉厚重，读之令人感动，启人深思。这种写作态度与精神为一些带游戏性质的写作提供了学习范例,她的创作对只重数量不重质量的写作现象也是间接的警示。

谢清是一位实力派诗人,她的诗歌内涵丰富、意象纷繁、语言典雅,在文学界产生了一定的影响。她勤奋而高产,在工作之余从事创作,已出版几部作品集,她所取得的成就令人敬佩。她的新诗集即将出版,请我作序,我感到十分高兴。希望有更多的读者了解这位诗人,喜爱她的诗歌,也祝愿这位黄土地上成长的诗人能够创作出更多、更精彩的诗歌作品。

是为序。

（钟海波,1965 年生,陕西子洲人,文学博士,陕西师范大学老师,硕士生导师。全国茅盾文学研究会理事、陕西现代文学研究会理事。）

目录

陌上花开篇

随行散记篇

雾语清音

雾 语 清 音 ■

陌\上\花\开\篇

WU YU QING YIN

李贇 绘

白桦林

邀清风为伴

穿越过一片白桦林

凝眸

感动血脉偾张

找一棵最大的白桦树

在树干上刻下你的名字

我的名字

将爱情雕刻成你喜欢的模样

拾起白桦树的叶子

轻锄

埋在我们最初相识的地方

待来年白桦树发新芽时

我们一起采摘太阳撒进白桦林的

　　　点点碎金

还有与树干一起成长的爱情

家

一个人
走着
遇见另一个人
搭伴走着
便有了另一些人

走着
一些人寻着自己的方向走了
两个人走着
一个人走着
只剩下了路

幸福的芬芳

站在长城上观光

如同站在了世界的脊梁上一样敞亮

我们看见地球在雄鸡的

　　　脚下旋转成诗行

我们听见雄鸡的一声长鸣后

　　　唤醒了黎明的曙光

一轮红日挑着和五星红旗

　　　一样的希望

照亮了每一个角落

照得我们的心头亮堂堂

　　　暖阳阳

在太阳升起的东方

在雄鸡展翅的地方

我们的心情像花儿一样

　　在春风里荡漾

我们的梦想像小舟在海洋里

　　扬帆远航

听和平鸽子的欢呼声

　　又一次划过寰宇后

我们站在靠近雄鸡心脏的地方

一遍又一遍咀嚼着幸福的芬芳

忆秦娥·伤春

春光好，

桃梨舒枝迎春到。

迎春到，

红尘无休，

归燕筑巢。

韶光易逝心萧索，

年年辜负岁月老。

岁月老，

白发增稠，

遍尝凄苦。

我是一名中国共产党党员

我是一名党员

在五星红旗下宣誓后

便将所有的信仰交给了党

我是一名党员

将为人民服务的旗帜

　　扛在肩上后

用责任和信念交纳着党费

我是一名中国共产党党员

这不仅是我的姓还是我的名

村里有个姑娘叫小芳

小芳

在山沟里出生

在歌声中长大

长大了的小芳进了城

辫子不再粗又长

爱情不再醇又香

小芳的微笑里还有

　　抹不开的忧伤

小芳爱上了车还有城里的房

立在潮头的小芳又跳又唱

文了眉漂了红唇

小芳将自己修改成了

　　网红的模样

刷脸刷开了都市的门墙

一脚踏着农村

一脚踏着城市

从此

小芳在城市的霓虹灯下

　　染了烟尘

　　落了风霜

爱人

一份约定

结束了一个人的行程

眼泪发酵的故事

名字叫爱情

记不清左手牵着右手

从什么时候开始温暖了季节

只知道一份牵挂

同午饭一起盛在锅里

用温火焙了一生一世

女人花

女人花

是江南烟雨里的佳话

是北国风光看今朝里的她

是盛开在高山之巅的春天

是山野田间的清溪

是惜花人梦里梦外

　　辗转一生的牵挂

女人花

走过盛唐的豪放

在人杰鬼雄里婉约歌唱

打马越过江湖后

在喧嚣的尘世中

　　偏安一隅

心在云水之间明媚

在春天的枝头

绽放成自己喜欢的样子

女人花

在风里

在雨里

摇曳在红尘的陌上

倾听着岁月红肥绿瘦后的

　　丰盈和酣畅

女人花

将经年流韵收藏于心间

凝情于指尖

拨弄着季风的琴弦

携一丝禅意

弹一曲芳华有痕

心不染尘

情不染殇

开即优雅

花谢留香

家盛满了女人一生的梦想

就这样以醉的姿态

将影子投在夜的怀里

踉踉跄跄写下活着的艰辛

小女人的娇嗔只是天边的流星

在闪念间即逝

生活在油盐酱醋里被细磨成了

　　揽不起的琐碎

夜承揽了所有的包容

万家灯火成就了城市的辉煌

家盛满了女人一生的梦想

泰坦尼克号

爱情的邂逅

于大西洋上

迸发出两颗心的潮汛

冰块已在春天的手掌上融化

融化为翡翠般的心情

邮轮掀翻的时候

青藻样的别离意

在大洋上袅着歌声

生命里最后一缕温馨

成了一道最美的风景

一腔最深的情

在阳光的海洋里浮现

似检读爱情的悲壮

感动了整个世界

怀念易安

尝尽离怀别苦

多少事

欲说还休

新来瘦

平添烦愁

人杰鬼雄骇世惊俗

婉约绝唱千古

用一支深沉的笔

饱蘸生活的辛酸

于烽火烟雾中

你将生活的苦闷

写成诗行

我隔着流光瞻仰

然后与你一起

走进多愁善感的远方

忆秦娥·春愁

雨声欢

山色空蒙杯中酒

杯中酒

一醉方休

无论春秋

春风春雨满地游

酿得春露闲释愁

闲释愁

千种风情

与何人诉

亲吻我深爱的土地

在高高的麦谷垛上

我是飞翔的鸟儿

展着自由的翅膀

为老农瘦了的岁月

肥了的粮仓歌唱

在厚厚的黄土地上

我是从春天走来的一片叶子

恣意地在绿色里舒展未来

纵是将生命伸展到了秋天

我也要以一种与风无关的

　　姿势落下来

亲吻我深爱的土地

我已来过

我已来过

不想惊扰深夜里酣睡的梦

只想听打醮的声音划过

　　看不见颜色的天空

鸡鸣狗吠唤醒了晨钟

秒针追着时针打着圈儿

终追不上年轮新增的皱纹

回首却听见岁月剥离

　　心房的咝咝声

一阵一阵

伴着绞痛

头痛医头

脚痛医脚

心痛了

医生说摘了吧

没心了

还能好吗

人在旅途

人在旅途

很累

背上的行囊总是扛不起

　　一个冬天

春天

却在掌心漾着别离意

爱情是奢望的风景

人生的路上

总有无药可救赎的灵魂

在迈向坟墓的方向

有些人注定要踽踽独行

我这一生

我这一生
被光阴换成了香烟
泪流满面间
我已灰飞烟灭

我这一生
栖身之后
便零落成泥
碾尘为花肥

我这一生
用不结实的肩膀将自己
挑成了个不是男人的男人

黎明终会蹚过夜的黑

黎明染白了夜的长发

将悲哀盘了节

热泪即刻成霜

被撕裂的伤口

是玫瑰花的颜色

终是一次又一次地

    结了痂

午夜随感

忧伤被夜晚剪得很长很长

爱情被岁月敲打出了

　　沉闷的声响

生活是井上的辘轳

被无奈　无望　失望　绝望

　　缠绕着不停歇地转圈

寻觅着从出生

　　到死亡的方向

人是个奇怪的动物

赤条条地来了

粉墨登场后开始了表演

卸了装

蜷缩在了用土堆砌的壳里

很安详

外一首

分明是一颗颗珍珠

沿着白璧安静地滑落

　　滑落后碎成

一地的迷雾

我从迷雾里窥见了自己

　　心跳的频率在悄然加速

夹着隐隐的疼惜

多想抚着那一头

　　如瀑布的乌发

和静止的思绪一起

　　滑过岁月

然后揽着你瘦弱的双肩

　　在怀里

静静地

　　静静地和我一起融化

融化在这乍暖还寒的春天

　　和了春泥

望夫石

就这样站着

站在村口的大树下

　　望着远方

一天

两天

将树和人站成了

一条线上的风景

直至在石头上刻下的誓言

被岁月风化成了记忆

山里姑娘

红艳艳的山丹丹花

将一生中最亮丽的时刻

开在了背洼洼里

黑黝黝的麻花辫

被岁月盘结在田埂里

追星赶月

一辈子都未能

　　走出个圆

虔诚地续旺了香火

青春

却被灶膛里的柴火

烧得精光

思 念

在月光悄悄爬进窗棂的那一刻起

思念便发了芽

　　生了根

顺着诗的翅膀疯长

疯长出深深的忧伤

以爱情的理由在一起

以爱情的理由在一起
在枯黄的季节
就这样围着火炉坐着
谈一些漫不经心的话题
炉上煮着酒

空气醅着一屋子的情丝
就这样坐着
围着火炉
在冬季
我不再冷
我是被你点燃的火苗
燃烧过青春后
温暖了所有的季节

在冬季

我手脚冰凉

还有被冻结了的思想

在你宽厚的手掌里

我愿意被融化为一滴水

　　晶莹透亮

氤氲在你的世界里

不再迷茫

夜

我站在你的面前

你望不见我

我也望不见你

但我熟悉你的气息

散着桂花香的气息

氤氲在看不见的世界里

只要有桂花香的气息

我就能找到你

循着文字的痕迹

墨香如桂花香一样浓郁

拒马河边畅想

黄昏我徘徊在拒马河的岸边

寻找着遗落的昨天

昨天已在你的微笑里融入记忆

你走的时候带走了你的记忆

我留下来是因为我还在

　　寻找着你的足迹

你说过

　　要用女娲补天时遗落的石子

为我打造一枚项链上的吊坠

我等了几千年

今天忽然发现它已矗立在这里

以桀骜的姿势站了很久很久

这分明是另一个你

我忽然间想哭

还想化为此间的河水

与你相依相偎

将你清晰地倒映给

　　白云蓝天

聚散如月

我从陕北

踩一朵云彩飘过来

和你一样

带着对生活的渴望来学习

学习

十三个省的脸庞挂满

　　十三个省的方言

　　十三个省的文化

在六渡孤山寨的农家院里汇合为

　　满堂的欢声笑语

关上玻璃窗户

关不住窗外的犬吠声　　火车

　　鸣笛声　小贩的叫卖声

时不时搅进授课老师的诗歌里

这并不影响我们的耳朵

像个孩子一样汲取知识的力量

关仁山、杨健棣、雁西、叶匡政
　　用最帅的姿势诠释了诗歌的含义
诗歌与你的关系
　　与我的关系
　　与生命的关系
　　与世界的关系
诗歌与执着爱着的关系

聚散如月

在即将告别的晚上

我坐在孤山寨的脚下

　　将孤独伸进脚下的河水里

很凉　　还有真实的痛楚

漫过肌肤

将我的心情一次又一次打湿

抬头

还没有长圆的月亮正在笑我

像个小姑娘幼稚的伤感

你说你家院子里的月亮好看

挑在你家的房檐上

格外明亮

我说其实一样

因为

我们拥抱的是同一个月亮

走西口

骑着骏马的哥哥是刚从

　　《诗经》里赴约归来的吧

要不然怎会有唐诗的豪壮宋词的

　　婉转

执笔挥斥万里河山后

于陕北民歌里邂逅了妹妹几千年

妹妹是从《聊斋》故事里剥离下来

　　的妹妹

痴情但不鬼魅

是从哥哥肋骨上分离出来的

　　另一个自己

是被遗落在人间的一滴报恩的眼泪

遇见了

便是最好的

相思

顺着夜的方向疯长

疯长出白昼的漫长

妹妹在陕北民歌里等着哥哥骑着

　　骏马回来

从西口的方向回来

与现代文明牵手

去赴爱情的盛会

被遗忘的人生

我触摸着被遗忘的人生

像个无助的孩子坐在院子里

数着天上的星星

数着已觉醒的情愫

数到经络疼痛

呼吸不畅通

低头舔舐活着的痉挛

像是舔舐结痂的疤痕

隐得很深

遇到季节交替时便痛

如即将变成过往的今天

在云烟中走散

却在记忆里封存

失散多年的两颗心

在漂泊中靠拢

靠拢

慰藉彼此的伤痛

熨烫寂寞的灵魂

听孤独的声音从

　　字里行间飞奔

奋不顾身的奔波

奔波向未知的明天

再好的感情仍需靠岸

在岸边

我们拥抱温暖

拥抱冬天

冬天在温情中已融化为青烟

在流年的指间缠绕了几千年

离 殇

每朵白云都孕育着

　　雨的渴望

每段旅程都承载了

　　无尽的惆怅

在流年的琴盘上

是谁拨弦弹响了离殇

一曲一曲

揪人心肠

踮起脚尖来爱你

跋山涉水后穿越过荆棘林

将梦里的她带进了门

兜起父母一生的勤劳和汗水

缀满殷勤

迈向望不见底的爱情

房子　车子　彩礼是

　　　婚礼的装饰品

踮起脚尖

吻向华贵的爱情

闭上眼睛

慌忙吞咽下爱情的口水

　　　咸咸的滋味

村 姑

被犁划拨掉了青春

日复一日

年复一年

汗水泡旧了的不只是红衫绿裤

还有俊俏的模样

也曾有过梦想

也曾有过向往

也有情郎曾搁在心上

也曾憧憬着大花轿里的那个美娇娘

在脂浓粉香中一路颠轿

　　来到了他的身旁

看幸福环绕中的娇羞撒了

　　一地芬芳

梦想与现实的距离很长

长到她一生都在追逐

却拾起了一路风霜

风霜已悄然落在了脸上

炊烟在晚霞里升腾起几许思量

灶上煮的饭香已缭绕到了山尖尖上

那个古铜色的男人还没有回乡

再添一把柴火吧

就着些莫名的忧伤

努力将窑里的日子烧旺

最美的风景

披满春光

逃离人间烟火的方向

约你去看山

穿越过迷雾

　　层层叠嶂

方发现你才是此间最耐读的山

在我到来之前

孤寂地站了几千年

在等清风吗

相邀明月

挥手谈笑间举杯吧

斟满山泉

饮下灵魂的涅槃

检阅石头的记忆

你是最坚硬的那块石头

以傲骨作料凿刻桀骜

我在你的世界里窥见了

　　已然化蝶的自己

落在了薄如蝉翼似的夜里

不忍惊扰黎明的慵懒

悉数着梦呓中

　　你孩子似的呢喃

立在天地间

以一座山的高度

你脚踏大地

头顶蓝天

任风雨穿越过身体

穿越过春秋

穿越过爱情炽热的耳际

你站直了自己

站成了我的标杆

头还顶着天

脚还踏着地

就这样站着

以最骄傲的身姿

站出了世界上最美的风景

最美的你

油菜花开了

听说汉中的油菜花今年开在了

　　　陕北一个叫赵石畔的地方

我没有去看

却看见恋花的人湮没在了花海里

忘情地呼吸透着淡香的空气

不忍拂离

借相机将自己与花种在了一起

我喜欢油菜花

我喜欢一株油菜花

我愿自己是一株油菜花

在最好的季节

开放在爱人的心尖上

静立在他熟悉的地方

看他文字煮酒

轻摇蒲扇

看他眉间蹙成"川"

一声轻叹

看夏日的蝴蝶歇落在了他的手上

旋即又飞向我

带来了他的温暖

朝晖洒满他帅气阳光的脸上

我看见他笑了

我也笑了

晚霞轻抚过他的耳畔

他站在长空里凝望

与李白与杜甫相约

借一杯酒的醇香

浅斟低唱

我拾起他挂在月亮之上的心事

只待阳光升起时

为孤寂疗伤

我是一株油菜花

在爱人的心里开放

开放成自己喜欢的样子

春风十里

做一株守着墨香的油菜花

收集起晨露

滋养生命的芬芳

公子向北走

许仙说　男人喜欢妖精

妖精不害人

只爱凡间的男人

法海的眼睛不好

耳朵很灵

听见了许仙与白娘子爱情的对白

一生气抛下了生灵

将白娘子压在了雷锋塔下

许仙很伤心

他说他要去华山找沉香借斧

劈开雷峰塔

救出他日牵夜挂的娘子

去了

斧太沉　扛不动

归来已是夕阳西下

许仙累了

冬眠在了爱情的夜里

法海终于圆寂

雷峰塔倒了

白娘子化为青烟飘出

除了挂满沧桑

还有一颗素净的心

一个痴到忘了自己是妖精的妖精

在聊斋里活了过来

徜徉在断桥边

雨在下

千帆过后

人影散尽

那个撑伞的许仙还没有出现

曾经的情话还在耳边绵绵

曾经的"官人"只是江南里的一场云烟

世事升腾起又沉沦

那个撑伞的许仙

早已翩翩站在了网红的身边

在红尘里欢天喜地拜了天地

也是在下雨的天

网红踩着红舞鞋

踩在了许仙软软的心尖尖上

许仙用钞票折成的玫瑰花

撒向网红修整了 N 遍的脸

卖药只给了生命延存的尊严

网红捧起的是孤寂而躁动的灵魂

那个坐在豪车里笑着的新娘

牵扯起一脸的幸福偎在了许仙的身旁

白娘子落在曾经的芳华里张望

千年的时光不长

千年的等待却很长

千年的守候只在童话里彷徨

生死契阔在善良人的故事里流淌着希望

白娘子凄然一笑后

便收下了这一世的情劫

白娘子用眼泪蓄满了断桥下的河水

再唱一回《公子向北走》

给自己听

只是公子啊

此去经年

谁会为你捂热久冷的心

谁会为你熨平眼角的泪痕

谁会在天冷时为你添件衣裳

谁会为你在夜读时红袖添香

谁又会为爱情再唱离殇

将乡愁枕在爱人的臂弯里

拉上爬满常青树的窗帘

将夜隔绝

将都市的喧嚣隔绝

将乡愁枕在爱人的臂弯里

将梦与世界隔绝

梦里辑舟穿越

在波涛中拾起毛眼眼

望穿黄河水的浪漫

在唐诗宋词里斟酒量出几许愁眠

几声轻叹

民歌是纤夫的呐喊

成长在有爱的彼岸

彼岸盛唐的暖风微醺时

公子纶巾羽扇

娘子霓裳轻曼

被一盏灯点亮了盛世的礼赞

还点亮了诗歌的世界

在五千年的长河里辑舟

摇醒一屋子的暖

彼时

爱人的轻鼾已过万重山

你举着伞走过我们的世界

夜雨在半醉半醒间
　　　敲窗
你来了
举着伞
举过我的世界

我们在雨的泥淖中走过
你一手牵着我
一手举着伞
雨还在下
我握着你的温暖
我们共执一柄伞
走过拥挤的世界
从城市的喧嚣中走过
走向山野田间
我们都是布衣

你耕田

我织布

我们用勤劳耕耘着岁月

你牵紧了我的手

举着伞

走过我们的世界

灯 塔

人生的路上

我是行者

爱人是灯塔

我们在远航

每个人都是舵手

把舵还得握紧前行的方向

最美的风景在远方

远方的灯塔

是爱人燃烧的热血

为我点亮的火把

灯塔很亮

也很远

夜很黑

也很深邃

如爱人的眼眸

需用一生去阅读

诚挚涤荡去的是尘世的疲惫

星星是爱人送来的悄悄话

月亮是爱人的心

挂在房檐上

滑落在枕边

我用诗歌的茶瓯斟满希望

就着地不老天不荒

就着一半醉一半醒

就着执着一饮而尽

前行

用爱情导航

爱人是灯塔

点亮了我不停歇的步伐

那一世

那一世

我沽酒当垆

你饱读诗书

用吟诗作赋下聘

迎娶我一世真情

那一世

我捧着《诗经》读你

一半读圣贤

一半读心魔

摒弃尘世的纷扰

在南山的恬静处捡尽芬芳

那一世

我是《聊斋》里剥离下来的新娘

你挑灯苦读

我轻拂你的孤独

捧一茶瓯书香

写一首诗给星星

　　给月亮

将爱情吟哦成夜话绵长

那一世

你隐居花溪谷底

发酵文字诺一世期许

我寄锦书于梦里的南方

未问归期

素笺尽染相思泪行

那一世

我牵着思念踏过流光

踩一朵云去看你

云是我们今生的红娘

我的心儿端着云儿的思量

思量着哪朵云飘过你的世界会

　　落雨在你的心上

浸湿你眉间的花草

放逐嫉俗的忧伤

这一世

我哪儿也不去

只想守着你

守着你憩居灵魂的地方

将爱情站成诗行

以一株绛珠草的醇香

汲取夹缝里的阳光

幸福地绽放

幸福地凋零

落地无殇

问 蝉

风唤醒了万物

风又收藏了万物

在风卷着信子卷黄了叶子时

那只被禁锢在夏天的蝉

蜗居在笼子里

透过缝隙寻找着夏天

蝉笼上还留有春天的信息

在春天的鸟市场上

蝉的宿命装在笼子里

被一个有蝉缘的人提走

与爱情一起豢养在笼子里

提着笼子走过季节

风剥离了季节的外衣

风归隐了记忆

包括蝉

也包括爱情

爱情是只千纸鹤

他踏着秦砖汉瓦

从民间闯入庙堂

向着埃及金字塔的方向

奔去

席卷一地的疲惫

在他身后

她握不住一路的烟尘

将祈福吟哦成诗行

只愿他们的来生

最好不要在十字路口遇见

最坏不要在十字路口走散

记不清他们的爱情

从什么时候开始

从什么时候结束

或许一直都没有开始

或许一直都没有结束

她用一生去赌一场约定
赌他们的幸福
结果她输了
他也输了
输在了渐行渐远的诺言里
输在了丈量不了的距离里
他们被第三个人俘获了自由
连幸福一并交了出去

约定好的三生三世
只这一世刚开始
他就掉转了船头
留她在岸上守候
在一曲《梅花三弄》里沉沦
曲终落下了的只有离殇
染泪千行
从此
爱情是只千纸鹤
在他离开的大海上

飘远　沉没

明明不能忘记

却无理由再见

再一次站在他面前

如站在山的对面

不是仰望他的高度

而是悉数奈何之中的叹息

已被装进相册的他

一次又一次被翻出来

反复晾晒

一本相册

一座坟墓

是她为未来准备的礼物

在相册里慰藉思念

在坟墓前虔诚祭拜

相册里有他最开心的微笑

坟墓里沉睡的是他们早夭的爱情

挂在树上的冬枣

留守在风里的泪蛋蛋

在成熟的时候没有落下来

守着与季节的承诺

在村口的方向

任斜阳

羞红了相思

掏空的诺言

你从镜子里走到了地面上
走到了梦里
走到了用心望不见的地方
最后你将梦也收回去了
只剩下掏空了的诺言

黄土地恋歌

男人一嗓子信天游
唤醒了挂在枝头上的春天
从此
女人的世界里只有男人
还有他未经剪辑的情歌

春天
男人扶犁耕地
女人低头播撒种子
将所有的期望
一步一投落

夏天
男人将自己淹没在庄稼地里
女人循着歌声找到了男人
男人说这是庄稼人的号子

女人读懂男人是从听号子开始

秋天
男人撕一片云为女人擦汗
女人的送饭罐里盛满了温暖
喂养大了男人的世界

冬天
女人将热炕头留给了男人
男人说这辈子最成功的事业是
　　　扛了你的爱情奔跑
女人说我是根藤
纠缠了你一生
你也是根藤
我们缠绕在黄土地上
蜿蜒爬行

浮世夜话

在黑暗中抓住

流向光明的根须

只为能更自由地呼吸

将生活的缝隙看得清楚一些

让站起来的痛楚复苏

抑或沉睡

掌心的纹路

褪回在生命的潮汐里

一遍一遍

终于被病魇收入口袋

三尺之地是终极的归宿

来不及告别就转身

没有总结的转身

写了一辈子工作总结

都不是自己要表达的初衷

总结上签满了名字

唯独遗漏了自己

观众送过来的多是唏嘘之声

闭上眼睛的那一刻

关上了世界的大门

也关上了爱恨情仇的一生

缀满补丁的一生

窝心的海藻滑过后

终被封尘

匍匐在胸前的声音

攫取仅有的热量

走了一程一程

最后只剩下了被风干的

　　肉胎凡身

从一个结束到另一个开始

只需一闭眼

瞬间便成永恒

从此

在每个尘埃落定的夜晚

总有些声音

悬挂在星星上

讲述天地间千沟万壑的过往

女友聚会

一群女子

约一场灵魂碰撞的聚会

在香槟的氤氲中打开话题

聚拢一屋子的暖意

一首首清唱的歌曲

一句句未经剪辑的祝语

　　是今晚的盛宴

诙谐的幽默

被一阵阵笑声推向窗外

欢乐总是走得太快

能留下来的是畅意人生的记忆

约吧

在未来的某一天

我们再聚首

用纯真的笑声诠释生活的滋味

借墨写的忧伤

为人生再续诗行

柳叶刀

你为我画的柳叶眉

溜进梦里

走丢了

多年以后

我患了绝症

从心脏上剥离出了把柳叶刀

在一首歌里相遇

在一首《梅花三弄》里相遇

又匆匆走散

软弱苏醒的时候

为爱自伐一回

你目光如水

从我的瞳仁里滑过

瘦削的脊梁

背负起孤独的月光

我们从不曾向人间垂首

任疲惫的身体和梦想

无处安放

时光汩渡不了的总是

　　　骨骼里的倔强

雾 语 清 音

随 行 散 记 篇

WU YU QING YIN

想去草原

想去草原

想去一个人的江湖

借广袤为聒噪疗伤

从南到北

从北到南

策马扬鞭

纵声高歌

想去草原

扯一片白云遮盖躯体

将脚歇在草丛里

灵魂须与山花为伴

想去草原

任风儿吹瘦了岁月

　　吹皱了湖水

吹旧了容颜

心依然等候在出发地

素净得不染

　　一粒尘埃

带不走

环肥燕瘦

归隐了尘土

烽火台终作了断垣蹲守

不见了当年的诸侯

红颜总被宿债孽缘回收

一抔黄土掩埋了千古风流

无需堪忧

看孤寂的

　　　浮躁的灵魂

狂舞着春秋

几人欢喜几人凄楚

无处兜

流血的

流汗的

流泪的

落地时

都与尘埃为伍

公子情深终抵不过世情凉薄

美人纵然倾城

岁月从不会为伊人驻足

几经唏嘘

怡情的还是端午节的雄黄酒

在醉与醒之间

一饮而下

浇灌万古愁

亭台楼榭里的灯火

亮了又暗了

影影绰绰间

新瓦换了旧砖头

雕梁画栋终不过是炫富的噱头

撒手人寰全部得撒手

秦皇汉武也无力挽留

　　回去的脚步

谁走了

也惊扰不了风雨的衷肠

还在人间倾洒的速度

你能带走的只有你自己

还有与这个世界割舍的温度

草 根

遇到适生的土壤

落地　发芽

迎着有阳光的方向

　　倔强地成长

不曾欣羡温室里的花朵

开得多么奔放　张扬

在解甲的那一刻都

　　皈依了尘土

风里长大

雨里开花

命运每次迁徙后

抗灾的草

根植在了土里

外一首

日子经柴米油盐过滤后

变得黏稠　凝重

青春早已被岁月洗得发白

拾起笔的时候

贫穷限制了想象

生活灼痛了诗歌的眼睛

去植一棵树

高兴时去植一棵树

微笑会在枝头上释放

　　春天的气息

失落时去植一棵树

泪水和汗水浇灌的根

　　终会逆袭成长

去植一棵树

培上善良和正义

为灵魂守候一方净土

去植一棵树

你活着

树也活着

你走了

树还活着

石湾醋

在陕北有个叫石湾的地方
听说那里盛产醋
从村子的这头传到了
　　世界的那头

石湾醋从香醇开始
诱惑了你我他的胃口
尝一口吧
咂嘴巴的时候
我想起了粮食的味道

城市一隅

形色各异的灯笼

在大街小巷点燃了夜的清凉

攀附在树枝上的碎金散银

　　奢华了节日的彩妆

从朱门缝里飘出来的酒肉香

醺醉了垃圾箱边上的流浪狗

摇着尾巴嗅着幸福的芳香

捡垃圾的老妪

飞快地翻捡着收获

不时有惊喜写在了脸上

影子被夜拽得很长　很长

年 味

忙碌了四季的城市

在鞭炮声靠近时

终于安静了下来

这群城市的建造者

背起了沉甸甸的行囊

挤在返乡的路上

远方

有年迈的父母和年幼的子女

在热气腾腾的油糕边

悉数着牵挂

在村口的大榆树下翘首

望向村外

不管兜里是干瘪还是饱满

盛好的总是家的模样

离家时父母的沧桑

告别时孩子的哭闹和张皇

都装在了行囊里

扛在了肩上

走了好多路

蓦然回首

方发现离心最近的地方是

　　家乡

回家

在眼睛潮湿时启程

在心灵潮湿时向年味靠近

收起辛酸和艰辛

与父母共话桑麻

与子女舔舐情深西窗下

日 子

父亲将日子

同种子一起播进田里

春耕秋收

母亲将日子

与琐碎的家常粘在一起

纳成千层鞋底

爷爷将日子

混着旱烟沫装进烟锅

于烟雾中启封了

　　沧海桑田

沙漠行

风过后

雕饰出岁月的年轮

踏着流光的脚步

我匆匆走过

足迹深深留下

眺望远方

我继续走

以一种骆驼的精神

昂首

迈向夕阳里的血红

三 月

河水活动脉络的时候

是大地分娩的日子

也是农人忙碌的开始

田里蠕动着三张弓

　　农人

　　黄牛

　　犁

少年维特之烦恼

于旷世的田野上眺望

绿蒂的裙子

在风中

旋成一道绚丽的风景

载着歌舞

卷进了少年维特的烦恼

绮梦跌入世俗的漩涡

搅起尘烟弥漫

维特画下最后一片绿叶后

终于不胜疲倦地

　　走回创世纪的门口

等他心爱的人儿

　　归来

葬花辞

曹公一把辛酸泪

浸湿了林妹妹的无奈

手把花锄

先葬花

后葬了自己

花谢了

花飞了

红消香断时

没人能笑得出来

　　侬是葬心痴

在爱的坟冢前

多少人掬泪凭吊

谁也不知道

明日葬的

　　将是谁

玫瑰花

玫瑰花

以爱情的名义舞爪着

　　青春的气息

娇艳如血似的夸张

终是温热了传递的衷肠

在卖花姑娘的笑靥里荡漾

在春天的枝头

　　恣意绽放

横山羊肉

从苏武的羊鞭下开始发育

横山羊子衔着忠义的

    水草而生

穿越过闯王故里的风雨

依山川沟壑走来

横山人拾起了闯王

    握过的羊铲

逐着羊子行过的地方

确定了从苦日子到

    小康的方向

横山羊肉翻越过历史的边墙

铺着地椒叶子的香

    飞到了北京

从此横山羊肉不只是品牌

还是食神的信仰

从村落到世界

游波罗古堡有感

历史的长河

流经横山区北无定河东岸时

不经意拐了一个弯

湾里湾外搁浅了些故事

故事从古堡的所有记忆开始

隋朝筑成石堡城

明朝重修了城池

城里住下了百姓

百姓写下了历史

李元昊带兵

　　　住进了城堡

李自成打了胜仗

　　　离开了城堡

横山起义在这里

　　　竖起了义旗

革命的希望从这里

流向了胜利

散落的瓦片被青草

　　染上了苔记

夕阳中的断垣封存不了

　　曾经繁荣的痕迹

破旧门板上的门锁铁锈

　　是岁月沧桑的老茧手

推开了商业兴衰的大门

英雄的脚步早已走远

英雄的事迹已被

　　记录在丰碑上

我们是历史的观光者

路过时

隔着流光瞻仰

然后与英雄们一起吟唱

　　三农尽开颜后的舒畅

横山古长城

一条长龙

蜿蜒着

游走在山山峁峁间

以断断续续的身姿

勾起历史断断续续的记忆

在被风浸湿了千年后

长龙

仍以一种桀骜的气势

守护在这片厚重的热土上

　　安详的睡容吟哦着

太平盛世的赞歌

城里人·农村人

城里人的爷爷是农村人

农村人的爷爷还是农村人

城里人的皮靴磨平了

　　城里的水泥地板

农村人的老布鞋踏在

　　农村的田埂上

悄无声息

城里人用脚步丈量着

　　车水马龙的岁月

农村人用脊梁扛起了

　　东山的太阳

送到了西山

城里人住进了农村人

双手砌起的楼房

农村人在田里种下了

城里人的科研成果

城里人的孙子大学毕业后

当了村官

农村人的孙子大学毕业后想去

城里锻炼

农村人用汗水砌起了城墙

城里人用智慧充实了

城市的繁华

我们是石油工人

在陕北

沟壑峁梁是黄土高原被岁月

　　风化不了的记忆

而我们——延长石油工人

借着黄土地给予我们的坚实臂膀

迎来了黎明的第一道曙光

将油、气送到了

　　祖国的四面八方

在陕北

飘扬起来的红旗遍插

　　这山那道梁

红色革命的"摇篮曲"

一次又一次和着钻塔的

　　隆隆声唱响

我们的青春在奋斗中激荡

我们用豪迈书写着

　　延长石油事业的新篇章

我们是唱着盛世赞歌的

　　延长石油工人

站在历史的潮头

从新起点开始起航

我们凝心聚力

承载着石油人的梦想

迎难而上

这是一个创新的时代

延长石油事业的辉煌

凝结了你的智慧

他的智慧

我们石油工人共同的智慧

领导着油田快速发展的方向

我们攻坚克难

锐意进取

攻克了一个又一个难关

创造了一个又一个奇迹

我们用奋斗不息的脚步

丈量着油田工人绚丽的人生

在厂区车间

在峁梁沟洼

到处是石油工人忙碌的身影

我们与雨雪风霜做伴

我们恪守着国家的财产

用激情和豪迈浇灌

　　流动着的热血

选择了石油

我们选择了坚守

选择了石油

我们选择了奉献

选择了石油是

　　我们无上的荣光

我们一路攀登

历经了一次又一次考验

实现了一个又一个超越

我们铭记

我们珍惜

我们感恩

我们青春的生命成长在这里

生命的青春驻扎在这里

延长石油人的凯歌

　　奏响在这里

昨天

我们信念如钢

　　意志如铁

今天

我们这些在黄土地上

　　成长起来的汉子

挺直了脊梁

用不断汲取的力量

托起延长油田明天的太阳

走进吴家沟

站在历史的烽火台上

我们瞭望着

秦直道上走来的两位女子

明妃别了汉庭明月

　　　衣袂飘飘而来

文姬吟着胡笳十八拍

　　　缓缓而去

一首绝唱

疼惜了陕北汉子几千年的衷肠

站在历史的烽火台上

我们瞭望着

秦长城　明长城的垛口

被风化了的昨天

在爷爷的故事里落满了风霜

是扯着白云漂浮的羊群

带我们到了陕北一个叫

　　吴家沟的地方

长河落日　绿草菁菁

牛儿甩尾　羊儿吃草

在盛唐诗人的情怀里

　　素笺生花

铺陈出画

站在历史的烽火台上

我们瞭望着

人类古文明的智慧

史前人类头盖骨　河套人　仰韶文化遗址

在吴家沟留下的历史碎片

　　熠熠生辉

站在历史的烽火台上

我们瞭望着

党项族人曾温热了的窑洞

在牧羊人的谈资里延续

看这些敞开羊皮褂子

裸露了宽厚胸怀的陕北汉子

打着强劲有力的老腰鼓

将生活的苦乐年华

以民歌的形式唱出来

爬山虎

我坐在午后的慵懒里

看见窗外叫爬山虎的植物

借着青蔓的韧性

正沿墙往上攀爬

以蜗牛的速度

蜗牛的速度

这样的速度

墙头已然关不住它的梦想

我忽然想起农民工

攀附在城市高楼的墙上

引体向上

一点一点

用水泥涂抹着生活的方向

旅 途

一站
一站
每一站过滤着落寞
每一次惊喜之后
总有失落尾随而来
我们把握不住的叫未来
把失去的叫过往
都不过是风景
如烟云散失在心扉之上
用一段文字记住的叫诗歌

不需要火的热烈
不需要水的柔情
只需要在岁月静好的空隙上
植一棵草
种些花
给生活开一扇窗户

山涧瘦骡

没有马的雄壮

没有驴的矫健

在马和驴间捡尽

　　无奈和辛酸

在山涧踱瘦了岁月

向着有光的方向奔跑

望着山头上的太阳打转

栖息在山水相依的地方

为落寞疗伤

农 民

生活是男人面朝黄土

背朝天扛出来的光景

幸福是在饥饿的时候

端着大碗就着疲劳一起

  下咽的菜

道路是在太阳下考验出来

  艰难的跋涉

开垦了岁月周而复始的年轮

李斌 绘

走三边

万里遨游

百日山河无尽头

山高势磅礴

碧水绕山游

四月柳絮抽

清风徐来稻米麦浪伏

窑洞茅屋换高楼

铁塔入云霄

掘出地下宝

煤油天然气

三边真富饶

客到久留

奶子米茶炉馍喝芦酒

饸饹拌羊肉

待人实亲厚

歌绕山头走

怡神最数信天游

豪放一腔吼

真情是美酒

大碗盛着畅饮不回头

煤矿工人

你说你也曾风华绝代

也曾明眸皓齿

如今只剩下牙齿是白的

其余都染上了黑金

你喜欢这个称谓

只要有金子你就喜欢

你喜欢如太阳一样颜色的金子

金子能使你的血液沸腾起来

煤窑里待久了

看见太阳照到的地方全是金光灿灿

你说你还是喜欢煤窑里的宁静

宁静得只剩下了机器的咬齿声

还有与煤块一般黑的肌肤和眼睛

悄然染霜的双鬓被汗珠儿推出了痕

人老了

下不了煤窑

你喜欢偎在窑边的墙角

就着沧桑塞满了烟沫

划亮了老旱烟锅的火

在烟雾缭绕中又想起了她

扭着腰肢给你送衣服的她

她说你是从黑洞里出土的古董

你说古董好古董值钱

你便懊悔自己为什么不是古董

只是个将命运拴在黑金上的凡胎肉身

劳她一世的牵挂

当耗尽最后一滴汗时

你得离开了

就如当初她离开你一样

死亡要和谁握手

你似乎找不到拒绝的理由

又装起一锅烟

"吧嗒"猛吸一口

看烟圈旋转着升上了天

　　散失在云彩里

你望见了浮在云彩里的她

正微笑望着你

她似乎在说　你其实最帅的还是

　　那两排白牙

你伸手想去握住她

　　也曾纤纤的小手

因为你已不想再一次失去她

从脚尖到脚跟的距离

我用一生的脚步

丈量着白天到黑夜的距离

　　理想与现实的距离

　　醉生与梦死的距离

　　爱与恨的距离

最后从宅地走到墓地时

方发现人生只不过是

　　从脚尖到脚跟的距离

退 休

戏结束了

戏子就该卸妆　休场

将群众给予的期望

归还给群众

将张牙舞爪的欲望

悄悄收回在水袖里

不要再吆喝着伸张

既然舞台上依然在张灯结彩

自然就会有人粉墨登场

退了场

找个角落坐下来

和我们一起看戏

　　捧场

我们能做的只是喝彩　鼓掌

或是将沉默进行到终场

做个好观众

也需要一生的修养

三棵白蜡树

——瞻仰榆林市邓宝珊将军纪念馆有感

将军走了

同许多人一样

去了目不能及的远方

将军没走

将军的韬略与笑语还留在榆林

留在一个叫桃林山庄的地方

将军亲手种的三棵白蜡树

寄存着将军的厚望

同榆林人民的敬仰一起

正茁壮成长

桃林山庄的三棵白蜡树

根扎在清冽冽的桃花水上

三棵树分明是共产党　国民党　人民

在桃林山庄的聚义堂

　　相聚

以树为证

以日月的光辉为证

谈革命

谈发展

见证友谊长存

　　长存于榆林的桃林山庄

一个有桃树

有桃花水滋养生命的地方

将军在榆林的八年时间

住土窑洞

吃小米饭

喝桃花水

走群众路线

与共产党称兄道弟

与老百姓打成一片

养育大了西北革命的成果

借三棵白蜡树的情节

将信仰落了根

用榆林人的厚道培土

将军走了

去了远方

将军没走

将军亲手种的三棵白蜡树

见证着榆林人民幸福的模样

汲取着桃花水的纯良

正茁壮成长

老茧手

一次一次地剥离着苦痛
让皮肉的触感点穿肠而过
直至成为习惯

一指一指的掐算
每一指的掐算都向好日子迈进了一步
从夜晚掐算到了白天

一点一点地抠着泥土
从泥土的芳香里抠取
抠取着生活的希望

保　险

保险推销员说

买份保险吧

保你活着有保障

走了给尊严一份昂贵的赔偿

我说给爱情投份保吧

保爱情的色泽常鲜

保爱人的双肩担起万丈道义

　　　扛起一片天

保爱情的忠贞一万年不变

保险推销员说

此产品正在研发中

还没有上市

她说在她迈向爱情的坟墓前

她将是第一份保单的购买者

我说给生活投份保吧

在生命尚有气息的时候

有饭吃有衣穿有房住

有能力帮助别人

有机会被关爱包围

恣意地享受着社会主义

　　大家庭的温暖

保险推销员说

你已捧起了无忧无虑的饭碗

你已穿上了光鲜的衣衫

你已住上了宽敞的楼房

你的孩子正在学堂里读书琅琅

你的老人在敬老院里轻声吟唱

你的幸福如花撒在了天地间

你还在祈求

　　再借我五百年

民歌是黄土高原的孩子

——参观榆阳区民歌博物馆有感

民歌是黄土高原的孩子

喝着黄河水长大

枕着黄土地入眠

蹚过春秋

向苍穹裸露了快乐与忧愁

循着民歌出生的方向

盘古一斧劈开了混沌与无知

    一斧劈出了蓝格莹莹的天

抚摸着这个叫民歌的孩子的头

用清澈乾坤的歌喉留住了

    风的脚步

撒了一地的绿

爬满了山坡

沟壑峁梁是黄土高原的脉络

民歌的声音是高原脉络里

　　　涌动的血液

关闭上曾经苦难的大门

迎娶盛世繁华在山梁梁上打坐

快乐的声音总绕着勤劳的指间奔走

将所有的心事装订成册

一节一节讲给世界听

让这群骁勇的汉子

　　　痴情的婆姨　女子

在高原上

在歌声里涅槃

民歌是黄土高原的孩子

一群与世界对话的孩子

一群在高原上奔跑了

　　　几千年的孩子

累了就收翅归巢

在榆阳民歌博物馆里休憩

肃整

只为在更深刻的思考里

让世界的声音更悦耳　动听

乡村振兴兴起了赵家峁村

——参观榆阳区赵家峁村有感

窃了比干七窍玲珑心的陕北婆姨们

　　借一张纸一把剪刀

剪出了纸上风云

剪出了信天游里的世界

剪出了幸福的笑脸

贴在窗上点亮了艳阳

裱在墙上就是赵家峁村明天

　　发展的方向

老旧的扇车终于离岗

安静地打了烊

缀满沧桑

经年的忙碌过滤出了好光景

将好日子收藏

辘轳和井

结满了昨天的瘢痕

扁担挑起的是一份曾经的苦难

而今已成为记忆被陈列

自来水清冽而便捷

丰盈了山沟沟里的岁月

土窑洞里的煤油灯下

婆姨们纳鞋底的针脚追着针尖

还有缝缝补补的日子被拉长了

影子印证在墙上

穷则思变是曾经的谋略

变则思通在党旗下寻到了出路

勤劳致富才是最好的出路

思路引领着出路

路在伸展

在老百姓的希望里伸展

土路变成了柏油马路

越来越宽

石头箍就的窑洞舒适整洁

赵家峁村人在宽幅梯田上

种下了欢歌笑语

在惠农政策里收割着一茬

又一茬丰收的喜悦

别无选择

闻不见酒香

不能怪嗅觉麻木

心盲与眼睛无关

好酒有时也会隐得很深

巷子的深处

有酒

还有吠犬

不忍掀帘跨越

是不想让缀满补丁的希望

　　再打一块补丁

攀爬险峰

总比退居悬崖离危险的

　　距离远一些

扬鞭催马

奋进

以累死跑马为代价

苟延　残喘

举起的是蘸血的信笺

回去的路

一条路的远近
并不影响赶路人的步伐
向往的地方
总是收纳心情的故乡
合上快乐与悲伤的一页
结束书本里的话
读书不如走路更直接
　　与活着对接

既然是一条必经之路
早走晚走
总是回去的方向
只是来的时候带着
　　哭声落地
走的时候请将哭声
　　带离原地

侵入者

一群从稻草人身边

　　逃离的麻雀

逃离了农村

逃进了城市

攀附在水泥杆上

窥探着车水马龙

背景参照出了每幢楼的高度

枝繁叶茂印证了树木茁壮的理由

文化包抄了活下去的隧道

爬满了广告标签的水泥杆上

唯独没有麻雀的名字

茶 瓯

我站在你的视线之外

　　看世界

世界在外面

你在里面

你落在我的杯子里

　　读人生

杯子里沉浮的沧桑

是流年碎了的记忆

在唇齿间咂摸着余味

站在天才的门外

我在天才的门外

站了很久

门很窄

里面很挤

我缺乏敲门的勇气

只好选择离开

在历史的墙缝里读你

——怀念蔡文姬

站在上郡的山梁梁上张望

那堵秦砖汉瓦砌起的墙

被风扶着沧桑

我在历史的墙缝里读你

读你惊世骇俗的才情

挂满哀伤

站在上郡的山梁梁上张望

翻捡起你曾遗落的石头

上面刻满了辛酸的过往

用文字做盘缠

从中原到漠北

你用十二年的时间谱了思乡曲

弹起焦尾琴

唱向回家的方向

站在上郡的山梁梁上张望

听你撕裂心肺的呻吟

在《胡笳十八拍》里落笔成殇

在《悲愤诗》里泪溅海棠

梦中的娇儿

又在一声一声喊娘

扛起战乱的枷

战刀

硬生生地将一个母亲

劈成两半

一半留给骨肉亲情

一半留给家国离愁

男人的韬略

尚不能挽救诗香女子

　　　于水火之中

男人的角逐

偏要一个弱女子的肩膀

　　　去清扫战场

江山如画

红颜只是一叶扁舟

撑着凝愁划过

舒卷着无望

你用墨香点燃千年的芬芳

站在上郡的山梁梁上张望

看暖风熏醒的春天

已在抽枝

看江南已被移植在了

　　你生活过的庭院

落地生根

你若喜欢

可踩一朵云回来

将娇儿与梦一起牵到

　　离心最近的地方

长久地住下来

行 者

站在尘世的中央

触摸着夜的冰凉

捧一茶瓯的期许

打开黎明的门窗

在爱人的眼眸里沉沦

　　一世的时光

一杯浊酒

映照着与故乡有关的背影

　　渐行渐长

扛起中年的行囊

借一根火柴的力量

划亮前行的方向

用吉他弹生活的人

从高山流水到林间细雨

从波涛汹涌到珠落玉盘

从歌里悲欢到歌外轻叹

少年用十指弹响生活

沧桑的声音穿越过人心

　　　最密集的地方

兜卖活着的尊严

少年在台上弹响生活

我们是观众

我们总是吝啬自己的掌声

因为他在圈里

我们在圈外

站在冬天的两边

我们遥相呼应着存在

母 亲

一声啼哭

母亲用切肤之痛

宣布了我们的独立

从此

她慈祥的目光

开始不停歇地追寻着

　　我们的脚步

这是断脐之后

觉醒的另一份牵绊

母亲勤俭简朴

将一世的挂念

缝缝补补

以青春做陪嫁

将我们的人生缝合得

　　无缝无隙

兜尽艰辛与委屈

母亲老了
喜欢依着斜阳取暖
凝眸　向着远方
远方有我们漂泊的影子
在不断拉长

母亲在
我们永远是个孩子
循着母爱微笑的方向
总能找到回家的那扇窗

打连枷①

一根木棍挑着藤条结成的枷

在收获的季节

陕北农民将生活

拍击得有了声响

打谷场上

晒着的不只是粮食

还有农民的喜悦

凝结在臂膀上的希望

落在地上

只剩下了力量

---

①　连枷是陕北农民曾经的打场农具,现在基本废弃不用。

房 奴

将身体里的血趁热卖了

买一个笼子

关了自己

烦恼却从门缝里溜出来

四处走动

霸王别姬

站在乌江边

看见虞姬

在跳最后一支舞

一柄长剑横亘在生死路上

一挥成就了爱情绝唱

站在乌江边

听猎猎西风翻滚起的浪涛

唤醒了乌骓的长鸣

为知己者死的悲壮

在一匹马背上驰骋了几千年

站在乌江边

看霸王的胡须上新染的风霜

刺痛了夕阳

在四面楚歌中

只有归乡的声音浓烈　绵长

在黄河二碛

在黄河二碛

我站了很久

直至感到自己也是黄河的一朵浪花

自由的　率性的　泛着泥土香的

不为迎合岩石而改变轨迹的浪花

从大禹的智慧里剥离一些想象

看世事在几千年的光阴里沉沦　升腾

河床终温和地

接纳了船只的栖居

我该庆幸能如此地亲近黄河

渡化失语已久的灵魂

在黄河二碛

适合晾晒发霉的心情

听波涛汹涌着穿越过身体后

笑看一朵又一朵浪花

在每个生命的渡口

奔腾不息

走进横山

在横山

你得提着脚轻轻走

因为每一脚下去

都会踩出一段深埋的历史

一不小心

你自己也会成为历史

提着被英雄们点亮的灯笼

行走

党项族是被史书挤到

　　一边的部落

背靠横着的山脉

坐拥塞上好风光

窑洞里安放着他们

　　五百多年的人间烟火

在草原上走丢的牛羊

在横山的山山峁峁间

圈地而栖

赫连勃勃　梁师都　李元昊　李自成

曾在马背上斩落了多少个日出

　　　斩获了万里江山

穿越过历史的栈道

他们依然是铁骨铮铮的陕北汉

领着一个民族的命运

在山河腹地游弋

在他们的身后

是古老的秧歌队拖着

　　　老百姓的喜怒哀乐

昂扬而来

激越而去

坐在秦长城　明长城的垛口

抚摸着落满斑驳的过往

翻捡起马背上遗落的粗犷

听万马齐鸣后

我们在长空里啜饮盛世的安宁

借一杯水酒祭奠往昔的峥嵘

关于从横山里下来的

　　那些游击队

收藏在了民歌档案里

浸泡着滚烫的米酒

就着信天而游的歌喉

唱得淋漓酣畅

在横山

俯拾起黄土地培植的憨厚

需慰藉英雄的孤独

若不是英雄

谁愿醉卧沙场

若不是英雄

谁毅然蹚过大理河川奔赴

　　前方抗疫安邦

谁还留守在无定河边仁首长望

谁在落日的余晖里

织锦塞上江南稻花香

谁又在宽幅梯田上播种着

　新的希望

雾 语 清 音

时／光／剪／影／篇

WU YU QING YIN

推开七月七的窗

推开七月七的窗

月牙儿在西楼上眺望

眺望着红尘中人影攒动

眺望着织女新织的云锦轻掩了

　　人间的沧桑

推开七月七的窗

窗外的牛郎还在奔忙

挑起两箩筐的行囊

一筐是情殇

一筐是彷徨

赴约是一场疲惫的修行

从人间到天上

跨不过去的是一层纸的墙

如牛郎不停歇的脚步

如织女无可奈何对苍天的叹息

终日隔河相望

推开七月七的窗
看人间这一场为爱狂欢的云烟
　　　在灯火阑珊处散尽
看岁月留给爱人脸上的褶子
　　　棱角已分
这分明是黄土高原的沟壑
一行一行
一列一列
清晰而又牵人心肠

推开七月七的窗
来陕北吧
在土窑洞的炕上盘腿坐定
让时间度化浮躁的灵魂
不必等到月满西楼
希望挂满柳梢头的时候
就在七月七
站在那道峁那道梁上

唱一首最早的民歌《诗经》

就着风祭奠爱情

在陕北

民歌是最好的醒酒汤

陶 罐

在一只盛满了旧时光的器皿里

我望见了自己的前世

在长城窟边饮马

在农耕文化和游牧文化

　　碰撞交融的地方

策马扬鞭闯入了江湖

看萋萋芳草淹没了马蹄

听穿越过千年的马蹄声

　　由远及近

蹚过我跳动着的心房

在长城脚跟下

我看见了那只蓄了沧桑的器皿

上面沾满了马的口水

还有岁月的胎记

酒

酒是英雄的胆

点燃了秦皇汉武的韬略

酒是枭雄的魂

曹孟德对酒当歌畅饮千秋大业

李白一杯清酒邀了明月

对影成三人悉数无眠

杜甫在浊酒里饮尽辛酸

苏东坡借酒消愁写意豪迈

易安居士倚酒摇一叶扁舟

在藕花深处孤芳自叹

酒在君子的笑容里流淌过

　　　流年的栏杆

酒在豪杰的壮志里倾尽

　　　万里江山

酒在墨客的愁肠里辗转了

九十九道湾

一湾漾着泪水

一湾漾着汗水

游子远行时请喝一杯酒

牵住深深的乡愁

壮士出征时请喝一杯酒

饮下英雄的气节

爱人告别时请喝一杯酒

为约定的牵挂

　　不再孤单

童 年

走不出的梦境

回不去的昨天

拾不起的记忆

却像珍藏已久的棉袄

在有阳光的时候

总想拿出来翻翻　晒晒

清明节怀古

春天刚挂上柳梢头的时候

我们在清明节

用点燃纸活的方式

点燃了缅怀

昭君的哀怨

文姬的无奈

蒙恬的英武

苏武的气节

在大漠烽火中化为袅袅炊烟

从陕北人的记忆里开始升腾

升腾为文人墨客几千年的家国情怀

上郡的苔藓地上早已长满了杏树

杏林里的小伙子唱着信天游

释放着怀春的信息

隋炀帝越过朔方的辽阔后

留下了一声长叹　一首长诗

夏州城里的党项族人在马背上

　　厮杀了几百年后

浸润了统万城的智慧

转身远去

雍正爷肃整河山

大手一挥

边塞的这一方水土即为怀远置县

共和国的集结号响起时

横山绵亘的高原上竖起了

　　英雄的丰碑

站在先贤的墓碑前

期待一场淋漓尽致的雨

涤荡我们喧嚣的灵魂

然后将敬仰深深植入绿色的春天

写给初中毕业的孩子们

这一群正在褪去稚气的孩子们

　　如含苞待放的花儿

在祖国的花园里探头探脑地成长着

在园丁的辛勤浇灌下

　　呷摸着阳光的味道

舒展着枝叶

感知着世界的温暖

初中是人生重要的一站

毕业只是一小结

孩子们

请记住老师今天的模样

　　记住他们慈父慈母般的笑容

岁月会在他们也曾青春的脸上刻下风霜

他们会继续擎起教书育人的大旗

继续在三尺讲台上浓缩着世界的精彩

他们倾洒着的汗水

会为更多孩子的人生导航

孩子们

挥挥手吧

惜别老师和同学

用感恩的心盛满正义和善良

用你们渐已觉醒的青春

昂首阔步向前迈去

你们将会亲手推开

　　跨向明天的大门

明天的太阳会更灿烂

照亮你们求索中的下一站

游　者

我是一名游者

慕名来接受大城市文明的洗礼

雨缠绵着拨乱了游人的脚步

天气终是在情绪化

一把雨雾收起了明珠入云塔

塔下游人仰息

　　　丈量着梦想的距离

街上行人如麻

摩天楼在云雾中穿插

入夜后将梦圈进了

　　　黄浦江边裕景大酒店里

倚窗

看雨点敲打着黄浦江

江面上的波澜寄存着

　　　船只行过的故事

黄浦江　夜上海

曾沉淀的过往

又一次在我的心里旋转成童话

胡蝶　周璇　张爱玲……

是你们的香魂吗

穿越在云雾中久久不肯落下

在灯火辉煌的今夜

我在盛世的诗歌里等着你们

你们可曾踏上了

　　繁花似锦的归程

怀念闯王

号角声消失了

战鼓声远去了

是风的声音

穿越过历史的残垣破壁

于黄土地的沟沟壑壑上

检读刀光剑影中

英雄的悲壮

是黄河的甘甜

哺育了英雄的善良

是黄河的咆哮

激荡起英雄的粗犷

是黄河的泪熏陶了

英雄的血

汹涌成大江

英雄的韬略

燃烬于"刀枪入库，马放南山"之后

紫荆城的血泪

浸湿了英雄的伤口

溃疡成绝症

是黄土地人的憨厚

拾起了英雄的残骸遗骨

同敬仰一起

埋进了黄土地里

致儿子们

那一双双紫葡萄般的眼睛

是夜晚的星星

点亮了我人生的夜空

陪着我从春夏度过秋冬

那一声声稚嫩的声音

是一汪汪清泉

流淌过我的世界

荡涤着我灵魂枝头上的尘埃

那淘气的模样

是一轴轴画卷

永远雕刻在了我的心上

牵着我的期望奔向远方

宝贝们啊

黑夜已经打烊

黎明已经起航

握紧小拳头吧

向着太阳的方向

健康、快乐地成长

春天来了

是一声声春雷

唤醒沉睡了许久的大地

厚重的土地啊

不再承载腐朽的作物

于是败杆腐叶在人民的锄镟下

　　应声倒地

是那一轮明媚的太阳

迎来了阵阵春风

掠过希望的田野

将万丈光芒遍洒祖国的

　　每一寸土地

把期望的种子深深地耕植在了

　　人民的心底

宵 夜

一群守夜的部落

正蜗居在夜的中央

就着夜的黑

大口咀嚼着孤独

划拳行令

裹着真实的躯体呐喊

以这种古老的方式

抗拒着更深的寂寞

人到中年

恐慌觉醒的时候

是从中年开始

每天重复着同一个罪恶

在台历上

撕掉了一页又一页过往

每撕掉一页

心便漏掉半拍

中年

已没有时间彷徨

忧伤亦无处躲藏

自己是最好的医生

一边受伤一边疗养

阴谋和阳谋是他山之玉

美与不美都与自己无关

活着

只需要承载起一段阳光远航

爱情是只倦鸟
早已懒懒地归巢
容颜脆弱地经风一吹
便千沟万壑
一地沧桑

风不是最好的信物
风已载不动双肩的重量
不舞西风的结果便是
累弯了腰就是一张弓
信念是箭
发出去
是为了能更直立地活着

石碾子

粮食的味道

碾子都尝过

生活的佐料

碾子碾出了酸甜苦辣

爱情的故事

碾子转着悲欢离合的轨迹

关于村庄里的声音

碾子渐渐听不清楚了

碾子患了老年痴呆症

一片叶子传来的消息

在远离森林腹地的海边

偶拾一片叶子

一片镶嵌在鹅卵石间的叶子

传来了秋天的消息

秋天的消息

无关乎风的速度

无关乎季节的交替轮转

当生命长到成熟时

一片叶子最好的归宿

　　　便是落下来

拥抱大地的温暖

如游子拥吻乡音

中秋节

小时候喜欢啃月亮

咬一口半个月亮

再咬一口半个月亮

即刻侵吞了整个月亮

抬头

天上还挂着一个月亮

长大后

天上一个月亮

水中一个月亮

心上的月亮

长了翅膀

再也落不到原来的地方

放月亮的人

将月亮挂在桅杆上的人

将梦装进行程

给浮萍许个心愿

然后去远航

绕着海的方向

将月亮放上天空的人

拽着根线在地上奔跑

线的这头是牵挂

线的那头还是牵挂

直至月亮躺进夜的深处

　　冬眠

思念才开始在东方泛白处靠岸

女人的二十四小时

女人的二十四小时

一半在阳光下呼吸

一半在黑暗处冬眠

一半爱着

一半被爱牵着

女人的二十四小时

是漏进搅拌机的空气

与五味杂陈混为一体

将日子搅拌出了稠或稀

女人的二十四小时

用一根针穿着一根线

缝补着生活的空隙

从白天缝到夜晚

从夜晚缝到白天

不规则的针脚处缝合着

散羽式的温暖

故乡的月亮

故乡的月亮

一半挂在天上

一半歇在水中

一半丢在童年

一半落入了梦乡

路过那条陪我长了

　　很多年的大理河

想捞起月亮

不小心搅碎了时光

碎了的

还有随波漾着的沧桑

故乡的月亮

也就是从那个时候开始

　　沉入了河底

从此

我用一生的奔波去打捞

却怎么也打捞不起

故乡的模样

种诗歌

春天的时候
追着生活奔跑的人们
在希望的田野上
种下大片的文字

适合文字生长的地方
也适合长草
文字与草一起疯长过夏季

秋风推送秋天的时候
长势饱满的文字
恭谦地站成一行或一列
草随风劲舞着最后的狂躁

文字的颗粒在冬天入了仓
草是冬天的一声长叹
灰烬和风而眠

农民的秋天

所有农具中

最喜欢的还是镰刀

可以收割三个季节

收割了星星

收割了月亮

收割了太阳

抓一把柴火添进蛤蟆嘴灶口

锅里煮的日子升腾起氤氲

疲劳收割了一天的光景

抚摸着刚从土地上分娩出来的粮食

温热而饱满

握紧　再也不想松开

回头

深情凝视

凝视着插在地头上的红旗

上面也有一柄

可以收割季节的镰刀

同学聚会

一群绾起裤管

有汗水流淌过脸颊的拓荒者

在河的对岸

抱薪取暖

想捞起走散的昨天

昨天的悲或欢

深埋在皱纹里

被嘘寒问暖连根拔起

杯与杯相撞

杯里盛着生活的味道

还有落在杯底的容颜

激昂处

一饮而下

就着旧貌与新颜

祭奠着仓皇而逃的年少

贫穷或富裕

已不再重要

健康成了上扬嘴角的骄傲

抚摸着岁月尘封的轻笑

遗落的青春

被狠狠地撞了一下腰

生 日

以一声哭宣布与故乡分离

断脐的时候开始独立

故乡在变老

你在开疆拓土

以一场狂欢唤醒你

　　离开故乡的日子

那个落满苦难瘢痕的记忆

同故乡一起埋在夕阳下

黎明的时候

捧起乡音的余温

唱一首歌

为下一段行程饯行

写给春天的诗

春天是一本书

因为喜欢

总是翻阅得太快

忽略了

每个章节的精彩

将无奈注解成一声叹息

读给自己听

春天是一方温润的水土

我们是一粒种子

找个安静的地方

将自己深深埋下去

等春风吹过后

在阳光充裕

水草丰盛的时候重生

三月天

走散了许久的虫儿
躲在三月天
攀爬在欲望的风口
瞭望着尘世的动静

蛰伏了一季的植物
伸胳膊蹬腿
等不及风吹哨子的声音
就悄悄探出头来
窥探着世界

长庄稼的地方也长草
一些关于春天的句子
破土而出
这个春天
有泥土的清香
还有草的味道

塞上的春天

风笛吹过几千年后
山是独立的
水是独立的
三生三世也是独立的
风骨拔节长是陕北人的
　　性格

一抔黄土掩埋了的绝不只是忠骨
还有铁马冰河蹚过的昨天
举起历史巨鼎的汉子是
　　雨后的庄稼
长满了塞上的春天

当我们老了

当所有的记忆都淡化在
　　风里
当所有的风景都归隐在
　　黑白世界里
当干瘪的唇再也掩饰不了
　　门牙滑落的尴尬时
当屋里的娃渐渐长大
当我们渐渐变小时
我们老了

当我们老了
脸是擦洗过生活的抹布
手脚是暴露在外的树根
心呀肝呀麻木了许久
老伴是唯一的拐杖

当我们老了

我们坐在村口的大树下

怀抱着儿女小时候调皮的模样

背起村里空旷的寂寞

盯紧村口的方向

将风的声音当作了儿孙

　　回家的音讯

一阵一阵的欣喜

一声一声的叹息

当我们老了

以一棵大树为活着的参照物

像一片叶子

被风干了

在秋熟透的时候

落在地上

悄无声息

老 树

一棵在山坳里站了532年

将自己站成风景的文冠果树

剪辑出了时光的浓荫

枝丫伸展出去

环抱起晨辉和夕照

心活成了孤傲的屏障

云的留痕

风的轻歌

鸟儿筑巢的昨昔

在枝头上嫁接出了

　　辛劳和幸福的模样

岁月留白处

裸露了的是活着的庄严

一树一树的花开

一树一树的结果

如天上的星星

闪着一树一树的期待

根须

总向着黄土地的深处游走

一面锦旗的启示

打开门

迎进来一个春天

王存亮脸上挂满春风

捧上一面锦旗

鲜红的　耀眼的

烫着金字的锦旗

"情系百姓　为民排忧"

烫得我睁不开眼睛

人无贵贱之分

人有贫富之差

惠民政策里

一直在消灭着贫富距离

精准扶贫

摆上了案头

走进了田间地畔

走到了老百姓的心里头

勠力扶贫

贫困将无处遁形

在赵石畔镇冯石畔村

我见到了王存亮

一个缺了三根手指头的贫困户

拖着孱弱的身躯携着妻子

拉扯着孙儿、孙女艰难度日

两个病殁了父亲

被年轻母亲遗弃的孩子

如山坡上的草

除了年迈的爷爷奶奶

再无依靠

我们阻挡不了风雨的脚步

但我们有御寒的能力

我们有温暖的大家庭

不会让任何家人受寒受冻

在生命的长征中

党的温暖

总会点亮万家灯火

王存亮夫妇自感如残烛延年

想将俩孩子托进福利院

我接过他们的愿望

四处奔走

在政策内办完了所有的入院手续

将孩子送进了他们期望中的栖息之所

当旧窑换了新房

当新修的水窖流出的水清冽甘甜

当孩子们捧着新书进了市里理想的学堂

当王存亮脸上的皱纹舒展奔放

当春天的喜讯挂满枝头时

我们的世界已然越来越敞亮

王存亮　一个农民

将质朴的心意写在了一面锦旗上

沐浴着春风送给我

夹带着掩不住的喜悦

我接过锦旗

在沉默中再一次成长

锦旗没有挂起来

我将信任深深收藏

这只是兑诺了一个党员誓言的一小部分

我还需要在群众的期望中

继续接力　努力

从少先队员到团员到党员

我借三十三年的时间蜕变　成熟

从红领巾到党旗飘扬

我一次又一次地被感动着

而今天

我却不能感动

拾起来更多的是鞭策的力量

石 墙

从石娃部落

开始移步

桀骜地站成队伍

守护着民心最集中的过往

哭泣　　呐喊

鲜花　　掌声

沿着石缝疯长

循着有光的方向

凿刻生活的灵感

将石头分成行

便是诗歌

缀满贫穷和富裕

在静默中释放的沧桑

秋 谷

一片叶子捎来了秋的消息

所有关于秋天的构思

便纷纷落地

父亲将自己埋在谷林里

他和谷子都弯下了感恩的腰板

在向秋天鞠躬

父亲深藏的皱纹

终于被秋阳翻出来

晾晒在了打谷场上

逐梦的人生

小时候

喜欢逐着生活走

一边做梦

一边放飞梦

长大后

遗落的梦

被生活嚼碎后

直接咽进了肚子里

把生活过成诗

经过广场舞大妈的身边

我长久伫足

以一个诗人的视角检读

　　她们的生活

我用心窃取了她们的幸福

　　在诗歌里明媚

我用我的浅薄写生活

生活不是五彩斑斓

也不是满目疮痍

读不懂诗的时候

诗不在远方

生活却在囊中挣扎

秋天恰好路过

打开窗户

迎一阵风进来

一片叶子刚好路过

我伸出手

想接住这个季节里

　　　最后的希望

却握满了一手的凉意

影 子

将微笑深埋入生活里的人

是冬眠动物

遇到合适的季节

苏醒

将心情收藏在影子里的人

在休养生息

待阳光升起时

涅槃

将信念植入梦

梦负重前行

破茧时

带着分娩前的阵痛

赵奇伟老师走了

赵奇伟老师走了
一个人说
两个人说
写诗和读诗的人都在说

天空下起了雪
雪是赵老师留下的
2020 年冬最后一首诗
读懂了诗的意境后
我们面对长空
一声轻叹
泪眼祭雪

一条缀满诗意的路
赵老师从燕赵大地开始启程
走了大半个中国

身后跟随着中国网络诗歌学会的学生

在看得见的

摸不着的世界里

晾晒着幸与不幸

赵老师洒一把阳光

指引着诗人们奔波的方向

我们之所以活着

是缘于一场修行

关于诗歌的修行

赵老师已然羽化成仙

而我们还在度引着

生活的艰辛

赵老师的笑脸

跳跃于京剧中青衣的哀婉

一次又一次打湿诗笺

赵老师走了

我们无力挽留他

　　猝然离去的脚步

我们还得活着

顽强地　勇敢地

继续赶赴关于诗歌的修行

这是送赵奇伟老师远走

我们留下来　活下去

仅有的理由

梧桐树下

叶子落下

又长出了新芽

凤凰飞后

又有新的栖落枝头

我们刚好从树下路过

接住了一片叶子

那是我们

飞倦了的翅膀

从身体上分离出来

皈依尘土

垂钓者

鱼在水里蛰伏

他在岸边

将自己乔装成鱼

等待着鱼咬钩的那一刻

左手钓鱼

右手钓自己

梦 游

我匍匐在夜里

将白天窃取来的心情

——释放

笔是我的拐杖

纸是行走的空间

我拄着我的拐杖

在我的空间里

恣意游荡

失 眠

像一只被夜遗忘的小船

载着思量

独自流浪

从一只羊数到一百个一百只羊

数丢了好多只羊

整整一个晚上

就这样

被一杯荒凉的情绪

漫不经心地喝掉

自　嘲

沾泪牛衣慰此生，官途寂寂总无情。

忠魂一缕不言悔，再向天涯逆旅行。

嘉兴南湖

碧波无语载红船,齐聚英豪引领先。

至此风旗飘万里,天朝旧貌换新颜。

游千岛湖

千岛一湖收，平明点翠柔。

白云轻拂过，不忍扰波流。

入秋有感

秋风催雨透心凉,叶落乌江恨断肠。

浮世薄冰须仔细,何如把盏嗅诗香。

客 居

昨宵一夜东风乱,长径铺红满目愁。
身在他乡久居客,平明煮雨泪难休。

蹉跎成梦

百花凋尽春归去,断发丝丝落雨前。

廿载浮沉终不遂,心常梦短奈何天。

生活是一粒米

坐在光阴里读史

读到自己只是喂养生活的一粒米

被时光无情地啄食

生死被煎熬　拉长

或放大

人心浮浮沉沉的样子

反复被叫卖

半裸着的欲望

在一条鱼竿间游走

我们是被觊觎了自由的鱼